뱀파이어의 봄

시작시인선 0449 뱀파이어의 봄

1판 1쇄 펴낸날 2022년 11월 7일
지은이 우남정
펴낸이 이재무
기획위원 김춘식, 유성호, 이형권, 임지연, 홍용희
책임편집 박찬세
편집디자인 민성돈
펴낸곳 (주)천년의시작
등록번호 제301-2012-033호
등록일자 2006년 1월 10일
주소 (03132) 서울시 종로구 삼일대로32길 36 운현신화타워 502호
전화 02-723-8668
팩스 02-723-8630
블로그 blog.naver.com/poemsijak
이메일 poemsijak@hanmail.net

ⓒ우남정, 2022, printed in Seoul, Korea

ISBN 978-89-6021-677-8 04810
      978-89-6021-069-1 04810(세트)

값 10,000원

*이 책은 ƎƆF 김포문화재단 Gimpo Cultural Foundation 2022 김포예술활동 지원 사업에 선정되어 발간되었습
 니다.

뱀파이어의 봄

우남정

천년의시작

시인의 말

맷집이 늘어 갔다

시詩로 깁스하고 걸었다

길모퉁이에, 원추리꽃 한 송이 그려 넣었다

2022년 가을 끝에서

차 례

시인의 말

제1부

오늘의 레퀴엠

붉은 뿌리를 잘라 내고
소금물에 데친 주검을 먹는다
등뼈에 칼집을 넣어 발라 회 친 주검을 먹는다
가마솥에 고아 낸 흐물거리는 주검을 먹는다
주검은 뜨겁고 달콤하고 비릿하다

꽃무늬 접시에 주검을 올린다
주검에 고명을 올린다
마트에서 순교한 죽음들을 세일하고 있다
신선한 주검을 고른다
누군가의 주검을 먹고 누군가의 죽음이 자라난다

무덤에 돋아나는 오랑캐꽃
사랑한 것들의 주검에 꽃이 핀다
죽음의 젖을 물고
푸른 상수리 나뭇잎에서 눈물이 반짝 빛난다

나는 배가 고프다
네 영혼의 마지막까지 갉아 먹고 떠나려, 작정한 듯

오래된 끝에서

흘러넘치듯 능소화가 담벼락에 매달려 있다

열매는 꽃에 매달리고 꽃은 줄기에 매달리고 줄기는 뿌리에 매달린다 뿌리는 지구에 매달려 있고 지구는 우주에 매달려 있다 매달린 것을 잊고 매달려 있다

산다는 것이 매달리는 것일까 저 여자의 가슴에 젖이 매달리고 등에 아이가 매달리고 팔에 장바구니가 매달리고 장바구니는 시장에 매달리고 저 여자는 집에 매달려 있다

손가락은 카톡에 매달려 있고 수많은 당신에 매달려 있다 당신은 씨줄과 날줄, 그물에 매달려 있다

'매달리다'라는 말에는 오래된 슬픔이 묻어난다 '매달리다'라는 말에는 핏방울이 맺혀 있다 '매달리다'라는 말에는 굴욕의 기미가 있다 '매달리다'라는 말에는 '솟구치다'의 그림자가 매달려 있다 그 끝에 거꾸로 솟은 종유석이 자란다

매달리는 것은 추락을 견디는 것 오래 바람을 견디는 것 길게 휘어지는 촉수를 말아 안고 잎사귀 뒤 나뭇가지 끝에서 잠을 청한다

칼치 혹은 깔치라 불리는 이름

아시지요? 그들은 W자로 유영하는 것이 특징이죠 성격이 까칠한 그들은 그물로 잡을 수 없어요 자해하는 습성이 있어 낚시로 곱게 낚아야 해요 특히 미식가들이 좋아하지요 탱탱하고 날렵한 그들은 우아한 몸매를 자랑해요 식성이 잡식이라는 것이 좀 웃기지만요 탄탄한 살집은 별미 중의 별미, 헬스장에는 복근을 만들려는 그녀들이 몰려다녀요 길거리에 바디 프로필 사진이 넘쳐흐르고 제주도 푸른 바다는 은빛 각선미의 향연장이 되죠 풀치들이 깔치로 자라나요 한 방의 입질이 운명인 그들, 고객을 위해 스티로폼 상자 속에 나란히 눕지요 드라이아이스와 얼음에 싸여 밤 비행기로 공수되죠 매끈한 꼬리는 그들의 은빛 드레스 밑에서 빛나요 신데렐라의 구두 한 짝을 찾아요 룰렛은 돌아가고, 마침내 귀하신 몸으로 진열대에 전시되지요 스포트라이트를 받으며 번득입니다 무엇이라도 벨 것 같이 **빳빳한** 저것, 허나 저 도도한 은빛도 한나절을 버티기 힘들다죠? 저녁 장을 보러 온 아낙들이 위아래로 훑어만 보고 지나갑니다 그들의 몸값이 치솟는 동안 얼룩덜룩한 갈치가 수입되었어요 여기 큼지막하고 도톰한 세네갈 갈치가 왔어요! 사람들은 후덕한 살집에 쏠려요 그들의 드레스는 짓무르고 있어요 떨이라도 해야 할까요 청춘을 다운시킨 가격표가 다시 덧대져요 백열등 아래 한물간 갈치들이 W자로 돌아다니는 날이었어요

풀밭 위의 점심 식사*

천 피스의 명화 한 점을 골랐다
올록볼록한 절개선을 맞추다 보면 우울이 사라질 것이다

직선 한 면에 기대 울타리를 만들어 간다
색과 선을 찾아 무늬를 연결한다
짙푸른 나무 잎사귀에 남자의 외투 한쪽을 끼운다
흐트러진 옷과 엎질러진 과일 바구니에 체리를 찾아 맞춘다
만나지 못한 퍼즐들이 여기저기 나뒹굴고 있다
숲에 둘러싸인 공터, 한 남자 바지 밑에서
여자의 흰 발가락이 튀어나온다
비슷한 홈과 돌기들은 번번이 허탕이다
왼쪽 하단에서 결정적 단서가 될 개구리를 찾고 나니
비로소 가운데 알몸의 여자가 생겨나고 그 곁에 남자가 앉
는다
정장을 한 남자의 무릎 사이로 여자의 흰 다리가 보이고
그 사이는 오래 구멍이 나 있다

턱을 괸 여자의 육체가 클로즈업된다
방바닥에 뒤죽박죽 뿌려 놓은 천 개의 우연과 필연
이런 퍼즐 놀이는 누가 만들었을까

남자의 시선과 여자의 표정은 끝내 만나지 않는다

여자의 눈빛이 하얗다
999개의 퍼즐을 맞추는 동안 나는 늙어 버렸다
새벽달이 풀밭의 점심 식사를 넘어 서쪽으로 기울고
천 개의 조각들은 다 써 버렸다
남자의 얼굴 한 조각은 어디로 쓸려 갔을까
책상 밑에도 옷걸이 뒤에도 주머니 속 기억 어디에도 없다

그 남자는 볼 한쪽이 뻥 뚫린 채
원근법이 사라진 그 숲에서 아직도 식사 중이다

* 〈풀밭 위의 점심 식사〉: 마네의 그림.

마조히스트

나는 찢어지더라도 상자의 입을 봉할 겁니다
침묵이 생기겠지요
편지 봉투가 뜯어질까 나를 덧대는 당신의 버릇을 알아요
나는 투명하여 감쪽같기도 합니다
내 사랑은 편리하고 명랑해요
가성비 갑인 나는 저렴하기까지 해요
당신이 원하면,
악다구니를 감을 수도 틀어막을 수도 있으니까요
가끔은 그린 라이트를 즐기기도 한답니다
상자의 길이보다 조금 더 길게
18센티가 또 잘려 나갔어요
통증을 즐기는 거, 불구적 사랑이라고 말하지 말아요
당신은 번번이 나의 시작을 찾지 못해 허둥대곤 하지요
손톱으로 천천히 나를 긁어 주세요
내 몸은 온통 맑은 성감대
나를 마조히스트라고 부르기를 즐기는 이들도 있지만
사용 설명서가 없는 것이 통례입니다
일회성이라고 불러도 어쩔 수 없지만
나를 뜯어낼 때 당신의 입술도 함께 뜯겨 나갈지 몰라요
우리의 비명은 치명적이죠

당신이 상자에 무엇을 담고 꺼내는지 몰라요
다 벗겨진 뒤에 나는 버려진다는 것을 알 뿐이죠

뱀파이어의 봄

우중충한 참나무 숲이 순간, 일렁인다
검은 망토를 들추는 바람
보굿이 꿈틀거린다
짓무른 땅에서 누군가 주검을 밀고 깨어난다

까칠하던 나뭇가지가 반지레해졌다 화살나무 허리춤에
푸른 촉이 장전되었다 물오른 꽃봉오리들이 치마를 뒤집어
쓰고 숨죽이고 있다

봄은 뱀파이어처럼 온다
저 산벚나무 피가 낭자하다

Let me in*
불면으로 누렇게 튼 산수유 입술에서
노란 탄성이 터져 나온다

나의 사랑은 늙지 않아요
꽃나무 아래 나의 목덜미가 창백하다

* 《Let me in》: 뱀파이어 영화 제목.

말뚝이 붉게 짖는다

설렁탕집 마당에 개 한 마리 묶여 있다 손님이 와도 딴청이다 아니 손님이 엎드려 있다 개 꼬리가 움찔 움직이다 만다 심드렁해진 손님이 마당에 한동안 묶여 있다 24시간 사골을 끓여 대는 가마솥 밥집은 성업 중이다 마당에 묶인 라일락나무가 푸르다 그늘이 자꾸 움찔거린다 혀를 빼물고 늘어진 뱃구레를 뒤척여 먼 곳을 보고 있다 배경은 낡은 집과 먹다 만 밥그릇이다 저 나무 그늘에 매어 있는 것은 무엇일까 벌름거리던 코, 빳빳하던 귀, 달빛에 날 세워 짖어 대던 개 소리, 다 어디로 갔을까 길길이 뛰며 퍼붓던 그의 키스는, 저 개 한 마리 선지처럼 뜨거운 울음을 울은 지 언제였을까 주인은 가끔 먹이를 찾는다 주인이 엎드려 꼬리를 흔든다 그 그릇에 그 밥이다 개가 주인의 추억 속을 지나간다 주인이 개의 주위를 빙빙 돈다 주인은 개 그릇을 핥다 일어선다 목줄이 개의 반경을 그리다 만다 참을 수 없는 존재의 가벼움이 햇살을 쬐고 있다 누가 누구에게 매어 있는지 알 수 없는 끈이 구불렁거린다 먼지바람이 오후의 신작로를 따라 피었다 흩어진다 울타리에 접시꽃들이 까르르 웃는다 그의 말뚝이 붉게 짖는다

거북아 거북아 머리를 내놓아라

게발선인장
마디에 마디를 잇는다
마디의 옆구리에서 길을 꺼낸다
그 끝에 빨간 페디큐어를 칠한 발가락이 달렸다

선인장 마디를 따서 흙에 꽂았다
끊긴 자리에 생장점이 있다니
뿌리 내린다는 말이 어찌나 깜깜한지

모래밭에 부화한 새끼 거북이
온 힘을 다해 바다로 기어가다, 멈춘 듯했다

고작 내가 한 일이라곤
등 터지도록 물 먹이는 일이었다
소금 뿌린 듯 따가운 볕에 내놓는 것이었다

떨어져 나온 한 조각 죽은 듯 엎드려

마디에서 마디가 나고 마디가 다시 마디를 내밀어 마디를
이어 가고 그 마디 끝에 붉은 꽃 한 송이 매달 때까지

뿌리 내리는 일

물도 햇빛도
서툰 주술도 서성거렸다
뿌리 내린다는 말이 얼마나 막막한지

햇볕에 빛나는 것은 파편破片이다
상처에서 흰 마디를 꺼낼 때까지 바다는 기다리고 있었다

코드 그레이

자정을 넘긴 불빛 하나, 지하 주차장으로 스며든다

하얀 테두리의 사각 서랍은 가득 찼다
맑은 전등이 지켜보는 가운데 몇 바퀴의 조문이 이어지고
자동차는 시동이 꺼지고 안치된다

눈을 부릅뜬 채
엔진은 천천히 식어 갈 것이다

차에서 내린 한 남자가
아파트 출입구의 비밀번호를 누른다

CCTV는 돌아가고
블랙박스는 번득이며 주위를 녹화 중이다
오늘이라는 주행거리를 반납한다
대부분 흰색과 검정색, 잿빛 농담濃淡의 예복을 걸쳤다

흑과 백의 경계
여기는 삶과 죽음의 회색지대
그들은 00*0000 패턴의 이름표를 달고 대기하고 있다

\>

코드 그레이! 코드 그레이!

노란 스포츠카가 튀는 색깔을 누르고 있다

어둠에 매달린
어느 창문에서 촛불이 파닥거린다
따듯한 뼈단지를 안고 도착한 파라다이스 납골당처럼

오래된 뼈들이 고층을 견디고 있다

빙하기를 지나가다

아침에는 냉동 블루베리로 셰이크를 만들었다
저녁에도 혼자 얼린 밥을 녹여 먹었다

설원이 잠든 동굴 속이었다

등뼈까지 칼집 넣은 고등어 한 손이 엉켜 있다
검붉게 변한 고기 몇 덩이
잔치가 남긴 부침개와 떡이 떨어지지 않는다

물기 많은 기억들
칸칸이 나누어 얼렸으면 좋았을까

젓갈처럼 짜거나 무말랭이처럼 건조한 것들의
빙점은 어디일까

그와 함께 몸을 녹이던
보드카와 해바라기 씨 한 줌, 남아 있다

아껴 두었던 얼굴을 꺼내 본다 표정이 하얗다
그의 손을 붙잡자

감전된 듯
손바닥이 쩍 얼어붙는다

오늘의 디저트는 눈꽃빙수 한 그릇
만년설로 굳어진 슬픔을 빙수기에 곱게 갈았다

눈물은 얼었다 녹아도 쉬 무르지 않았다

창밖, 멀리 불빛 한 점이 걸어가고 있는 저녁이었다

구겨진 종이

웅크리고 있던 그림자, 여명 속에 돋아난다

손아귀에 와싹 구겨져 던져진 것
바닥 치고 벽까지 날아갔다 튕겨 온 것
각지고 비틀어지며 둥글게 휘말린 것

구겨진 것은 공간을 품는다

급정거한 바큇자국, 희미해지는 발자국 소리, 어두운 골
목길과 축대 위의 위태로운 집, 배열이 맞지 않는 화장실
타일 바닥, 깨진 유리창, 자투리 옷감으로 만든 조각보, 산
길에 누군가 쌓다 만 돌탑, 삐뚜름한 글자, 허리 꺾인 모음
과 찌부러진 받침, 뭉개진 낱말과 박박 그어 생채기 난 길
고 긴 담벼락

다시 문질러 펴 본다 깊은 자국이 남았다
갈라지고 찌그러진 공간
잎맥처럼 파랑이 일고 있다

>

손바닥을 펼치자

겨울나무 한 그루 자라고 있다

당근!

이 드라이기는 정말 오래 썼다 업소용이라서 줄이 길다 바구니에서 줄기가 긴 당근을 뽑아 든다 가끔 당근으로 덜 마른 옷을 말리기도 하는데, 오늘 뚝! 바람이 멈췄다 얼른, 새것을 장바구니에 담았다 다음 날, 다시 바람을 뿡뿡 내뿜는 거였다 아, 지긋지긋한 이 물귀신! 저 넝쿨을 싹뚝 잘라 버리고 싶어 얘야 쓸 만한 물건을 버리는 것이 아니란다 어머니는 또 잔소리를 하신다 그래서요 어머니는 평생 한량인 아버지와 사셨어요? 요즘은 멀쩡하고 싫증 난 것들을 당근 마켓에 판다는데 이 당근도 팔 수 있을까요 당근! 나눔으로 지겨움도 포장할 수 있나요 당근! 내 권태가 너의 설렘이 될 수 있나요 당근! 요즘 세상에 참 착한 당근이구나 당근! 할머니는 그리움까지 다 소진하고 떠나셨다 사람들이 호상이라고 했다 분리수거장에 한물간 가구들이 버려진다 떠나야 할 때가 언제인가를 알고 가는 냉장고의 뒷모습은 얼마나 아름다운가* 유통기간이 얼마 남지 않은 참치 통조림을 깐다 딱! 경쾌하게 사라지는 소리 바닥에 당근처럼 떨어지는 붉은 소리 당근! 당근이야!

고장 났지만 고장 나지 않은, 지겨운 당근으로 오늘도 젖은 머리를 말린다 콘센트에 손가락을 꽂고 있는 저 검은 줄기는 얼마나 능청스러운가 아차 하는 순간 로션이나 물컵

을 쓰러뜨리기도 하는, 지겨운 것들이 지겨운 것을 끌고 가
는 아침,

굿모닝! 오늘 어때? 당근이지!

* 이형기 시인의 「낙화」 패러디.

포스트잇이 붙어 있는 생각

책꽂이를 또 하나 사야 할까
표지를 보고 목차를 훑고, 책상 위에 책이 쌓여 간다
그 위에 또 그 위에
해가 지고 저녁이 오고 나는 침침해졌다

읽지도 버리지도 못하는 책을 책꽂이로 옮긴다 또 쌓인
다 읽다 만 책들이 늘어 간다 다시 읽고 싶은 페이지에 포
스트잇을 붙인다 행간의 어디쯤에서 길을 잃는다 접어 놓
은 모서리에 쥐가 난다 책 제목이 버킷 리스트처럼 줄지어
꽂혀 있다 『백년의 고독』*을 다시 읽을 확률은 얼마일까 수
십 년 한집에 살고 있는 사람은 매일 읽어도 어렵다 정독한
척하지만 대부분은 오독이다 시집 속에서 시인을 기다려도
오지 않는다 시인의 이름에 포스트잇을 붙인다 수박은 없
고 수박 겉핥기가 있다 빠르게 스쳐 가는 것들, 눈 맞출 사
이 없이 꽃이 진다

책을 버릴 수 없다는 것은 굳어진 생각
포스트잇이 붙어 있는 저녁

누구라도 제대로 사랑해 본 적 없는 것 같아, 밤이 쌓인다

>

멀어져 가는

그를 불러 세우고 보니 낯선 사람이 돌아본다

* 『백년의 고독』: 가르시아 마르케스의 소설.

강대나무

지난밤 꿈속에서 그 친구들이 나에 대해서 이야
기하는 소리가 들려왔다 "강한 자는 살아남는다"
그러자 나는 자신이 미워졌다*

독한 슬픔은 이런 것이다

목숨 걸었던 시대의 뒷모습을 보는 것이다
끝까지 살아남아 이 꼴 저 꼴 다 보는 것이다
뚝심 있게 살아남아 페미니스트란 소릴 듣는 것이다
전위된 척추에 철심 박고 기울어 가는 것이다
남성호르몬이 점점 많아지는 것이다
고위험군으로 분류되는 것이다
죽어서 천년 고찰의 처마 끝을 곧추는 것이다

박박 우기고 징징 짜고 푸념 늘어놓으며
살아가고 싶다

각황전 홍매의 눈망울이 젖어 있다

비안개에 잠긴 화엄사 인욕忍辱의 방에서 묵어가기로 한다

* 베르톨트 브레히트, 「살아남은 자의 슬픔」.

34

제2부

희希야, 옷 수선

색색의 실패들이 뻥 뚫린 제 몸을 벽에 걸어 놓고 있다

'바지 허리춤 늘리는 데 얼마예요'

그러면 선글라스를 쓰세요

눈이 부시다고요 참을 수 없다고요 빛의 농도가 4할쯤 톤 다운된다면, 저녁으로 기우는 시간을 좀 더 즐길 수 있을까요 단풍잎은 고혹적이고 숲은 북청빛으로 그윽해집니다 막 윤기가 옅어지는 순간, 서늘하고도 가뭇한 정적이 감돌겠지요 무엇보다 들키지 않고 당신을 오래 바라볼 수 있을 거예요

나는 빛과 맞서기 위해 그늘을 조금 빌려 와요 가슴을 찌르는 날카로운 빛을 어둠의 방패로 막아요 어둠의 조각으로 나를 장식합니다 눈 가리고 아웅하는 짓이라는 걸 잘 알지만요 나도 모르게 채도를 낮추는 습관에 길들여져 가요

고독은 농밀해집니다 나는 아무에게도 들키지 않아요 내속에 고이는 것을 걱정하지 않아요 파르스름한 이내 같은 그늘이 감도는 세상은 판타스틱한 분위기를 만들어 주기도 해요 뭐든지 자세히 보이는 것은 쓸쓸한 일이거든요

프리즘을 통과한 빛 하나가 깊어집니다
선글라스를 쓰고 당신을 사랑하는 일은 정말 즐거워요

늙지 않는 꽃을 알고 있나요

누가 꺾은 순간일까요

절정이 있긴 있었을까요
살아 있는 듯 죽어 있는 듯, 죽어 가는 듯 살아가는 듯
저 벽에 붙박이로 걸려 있는 시간의 줄기
몇 송이 장미에 자잘한 꽃들이 코러스를 넣는
오늘은, 넝쿨처럼 흘러내린
저 가짜 잎사귀들이 흔들리는 기분
저녁이 와도 불면의 입술
짐짓 틀어진 저 포즈는 얼마나 자연스러운가요
하얀빛이 여태 흔들리네요
몇 해째 벙근 저 봉오리는 언제 피나요
당신이 선물한 행복처럼
분홍 리본에 묶여 있는 침묵

시들 줄 모르는 죄 같은 꽃

울지 않는 꽃, 노래하지 않는 꽃, 창밖을 우두커니 내다
보는 꽃, 벽에 걸려 사랑을 고백하는 꽃, 진실인 척하는 꽃,
죽지 않는 꽃, 아, 징그러운 당신

울퉁불퉁한 바다

시집을 읽다 엎어 놓고 잠시 자리를 비웠습니다
아이스 아메리카노를 담은 유리컵 옆이었습니다
돌아와 보니 *긴 수평선 한 가닥이 내 속눈썹 위에*[*] 파도
치듯 닿았습니다

멀고도 먼 곳에서 달려와 겨우 하는 짓이 하초나 핥다 죽
는 거다[**] 62페이지가 흥건히 젖어 있었습니다 스며든 글자
는 선명합니다 이면의 글자까지 필사한 눈물이 속내를 잡을
수도 있을 것 같습니다 이 페이지에는 해안을 따라 침식된
절벽이 있습니다 동굴 깊숙이 석수石獸가 자라고 있습니다
슬픔이 파마머리처럼 곱슬곱슬합니다

티슈로 눈물 닦듯 콕콕 찍어 내고 성급하게 드라이기로
말린 것이 돌이킬 수 없는 일이 되었습니다 그늘을 바람에
말리는 것이 좋았을까요 몽돌 두어 개로 가만히 눌러놓았
어야 할까요 무게로 다림질할 시간이 필요함을 알기까지 오
래 걸렸습니다

예전 같지 않습니다

>

　젖었다 마른 바닷가 그 경계가 울고 있습니다 깊이를 조심
해야 한다고 주의문을 써 놓아야겠습니다

　울퉁불퉁한 바닥이 먼저 펼쳐집니다
　그것은 울퉁불퉁한 누군가가 바다로 걸어간 길이었습니다

*, ** 유홍준 시인의 시 「전라도미용실」.

풍장風葬

김장철이 시작된다 동치미용 무를 다듬는다 무청이 흩어지지 않도록 밑동을 넉넉하게 남긴다 그것을 겨울바람에 걸어 놓을 것이다 배추 절인 소금물에 살짝 숨 죽인다 간기가 바스러지는 슬픔을 견디게 할 것이다

겨우내 베란다 줄에 매달린 무청은 잊는다 그가 열흘쯤 입원했고 치매를 앓는 어머니 집을 자주 드나들었다 폭설이 서너 차례 내렸고, 한강 하구에는 유빙이 떠다니고 있었다

어느 저녁, 바짝 마른 무청에서 새 울음소리가 들렸다, 대한을 지나 입춘쯤이었을까 시래기는 죽은 새처럼 말라비틀어졌다 껍질과 힘줄만 남았다 날개가 바스라질 것 같다 허기가 바람 소리를 불러왔다

따뜻한 물에 죽은 새를 담근다 갈변한 핏물을 토하며 부풀기를 기다린다 피가 돌고 살이 되살아나기를 기다린다 살과 뼈가 부드러워진다 물을 바꾸며 겨울을 우려낸다 오래도록 삶아 낼 것이다

새여, 새여, 날아라 날아라

\>

검푸른 시래기죽으로

뱃구레를 불린 청둥오리 떼가 일제히 날아가고 있다

싱잉볼*

산책 길에서
용화사 예불 종소리를 하나하나 헤아려 봐요
천만사의 잎들이 허밍 소리를 내죠
둥글게 맴돌다 가는 바람 소리에
나는 저녁이 온 걸 알아채죠

나무 그루터기에 앉아 숲을 보아요
아낌없이 주는 나무 이야기가 생각나면
나는 금방 옆구리가 뾰족해져요
내가 직선적이라고요
글쎄요 직선을 사랑하는 일은 쓸쓸한 일일지도 몰라요
숨바꼭질에서 늘 지는 기분이 들거든요
직선으로는 골목도 주머니도 만들 수 없으니까요

전지된 플라타너스 가지 끝에서 솟구치는 봄은 아뜩해요
끝에서 곡선이 분수처럼 터져 나오죠
실 꾸러미가 만드는 무성한 무늬의 뜨개질처럼
갈라지는 나뭇가지의 그림자가 길어질 때
우듬지 끝 이파리들은 흔들리며 흔들리며 멀어져 가요

\>

싱잉볼에서 퍼져

나가는 새처럼, 그들의 군무처럼

나이테 속에는 직선이 사려 넣은 햇살이 느껴져요

밑동이 점점 따뜻해져요

누군가 명상에 들었나 봐요

* 싱일볼singing bowl: 히말라야 지역의 명상하는 도구.

햇살마루

아파트 108동과 119동 사이로 일출을 볼 수 있다
상강에서 입춘에 이르는 기간뿐이지만
지구는 돌고 태양은 멀어졌다 가까워지며 겨울을 지나간다
밤이 가장 긴 계절이므로
여명이 붉어 오는 쪽으로 나는 머리를 둔다
아침 햇살이 거실을 건너 발밑까지 밀려오는 것을 지켜본다
찰방거리는 파도에 맨발을 담근다
햇살을 가슴 끝까지 끌어 덮는다
블라인드의 무늬를 지나가는 빛의 실루엣
후숙後熟을 통과하는 빛깔처럼
환하고 따뜻한 주황이 남실거린다
누추한 화초 몇 포기가 바닥에 그림자를 벗어 놓았다
빛나는 것은 왜 그늘을 더 도드라지게 할까
햇살이 책꽂이의 냄새를 말리고 제목과 저자를 훑어가다가
어제 읽다 만 페이지를 다시 읽는다
소파에 한동안 걸터앉아 있다가
어느 슬픔이 통과하는지 책 모서리 끝에서 글썽인다
눈물이 없다면 무지개도 없을 것
햇살은 눅눅한 살림살이를 말리고 어둑한 눈매를 씻어 준다
갯벌에 무릎 꿇고 꼬막 캐는 아낙처럼

탁자 밑에서 숨은 동쪽을 찾아낸다

도시의 겨울 틈새로 동백꽃 한 송이 피어났다

달궁무위도(月宮無爲圖)
ㅡ겨울

　지리산이 천천히 휘감긴다 인월에서 달궁*까지 살얼음이
깔려 있다 한철 장사를 끝낸 가게들은 일찍 문을 닫았다 언
제나처럼 달궁의 끝 방에 거처를 정한다 성삼재 넘어가는
길이 곧 닫힌다고 한다 가끔 곰도 지나가는 정령치고개도
닫힌다 달궁 주인은 키를 맡기고 전주로 가 버렸다 나는 마
한의 왕처럼 겨울에 갇힌다

　달궁은 기억마저 얼어 버린 듯 싸늘하다 오감에 성애가
돋는다 찻물을 끓인다 눈을 감고 겨울 골짜기에 밤이 오는
소리 듣는다 가끔 보일러의 배관이 냉기를 밀어내듯 텅텅
울리는 소리 어둠 속에서 흐릿한 빛이 부스럭거리는 소리
귀가 쭈뼛해지는 어떤 소리 숲이 몸을 움츠리는 소리 낙엽
이 나직한 곳에 몸을 누이는 소리 스쓱 쓱, 밤 짐승이 지나
가는 소리 계곡물이 결빙을 서두르는 소리 외등이 식은 찻
잔에 동그라미를 그려 넣는 소리 지난 계절이 뒤척이는 소
리 뚝뚝 끊어지던 슬픔이 이어지는 소리 쓸려 갔던 것들이
돌아오는 소리 속울음이 섞여 드는 바람 소리

　적막은 소리에게 숲을 비켜 주었다 발자국 소리가 길 저
쪽에서 들린 것 같은데, 반야봉 근처에서 볼 한쪽을 잃은 반

달이 떠오르고 있다 달의 숨소리에 귀를 대 본다 불씨 하나
살아난 듯 온기가 돈다 달궁이 내 안에 쑤욱 들어와 눕는다

● 달궁: 지리산 계곡, 삼한 시대 마한의 왕이 진한군의 공격을 피해 머물
　던 궁터.

나는 올백 스타일을 좋아하지 않아

　사람들은 그 스타일을 깻잎머리라고 애교머리라고도 하지 애교와 상관이 있는지는 알 수 없지만, 라라처럼 볼륨 있는 금발이 잘 어울리지 깻잎머리가 반항아로 낙인찍히던 여고 시절이 있었어 하얀 칼라에 짧은 단발머리, 반듯한 이마가 모범생의 모습이었지 내 이마 한가운데 삐죽한 제비초리를 친구들은 원숭이 이마라고 놀렸어 속 좁다는 말까지 듣고 싶지 않았지 꾹꾹 참았지 하굣길에는 몰래 앞머리를 내렸지 오른쪽 눈썹을 지나 귀에 걸곤 했어 좁고 납작한 내 이마는 어머니를 닮았지 어머니의 박복한 삶은 닮고 싶지 않았어 나의 반골 기질은 아마 이 원숭이 이마 때문에 생겼을 거야 가끔은 나도 시원스럽게 올백 머리를 하고 싶지 요즘은 글쎄, 남자들도 깻잎머리가 대세잖아 우리 동네 대머리 총각은 옆머리로 정수리를 덮는 깻잎머리를 하고 다녔지 깻잎머리는 둥근 얼굴의 한쪽을 사과 베어 문 것처럼, 그늘을 내리는 거야 완벽한 것은 구부리고 싶잖아 약간 흐트러진 깻잎머리는 우수에 찬 보헤미안과 잘 어울려 내가 조선 시대에 태어났다면 앞가르마에 쪽진 머리로 어떻게 평생을 살았을까 어머니는 요양원에 계시는 동안 언제나 스포츠 머리셨어 머릿속이 훤히 들여다보여 슬펐어 사소한 것들에 왜 목숨 걸고 싶어질까 그래서 유언을 남길까 해 난 삼손처럼

긴 머리카락에서 힘이 생긴다고 말이야 브릿지로 멋 낸 깻

잎머리 소녀가 지나가네 왜 하필이면 이름이 깻잎이냐는 듯

내 방에는 코끼리 열세 마리가 산다

팜스프링아울렛에서 사 온 아홉 마리의 코끼리는 줄지어 나와 함께 살고 있다 메이드 인 인디아 검은 얼굴의 아이가 제각기 다른 천의 코끼리에 솜을 꼭꼭 넣었을 것이다 한 개에 1달러라니 나는 얼른 샀다 비비디 바비디 부

뉴질랜드 시골 마을 장터에서 코끼리를 만났다 쇠로 조각하여 용접한 코끼리였다 배 속에 작은 초를 넣을 수 있는 문이 있다 저녁에 불을 켜면 밀림 속 반딧불처럼 신비스럽게 빛났다 비비디 바비디 부

여행지에서 코끼리만 보면 샀다 태국을 여행하고 돌아올 때도 목각 코끼리 한 쌍을 샀다 왕족의 거마용이었을까 등에는 연꽃 문양이 수놓인 덮개를 하고 있다 비비디 바비디 부

인도 바라나시에서 코끼리 속의 코끼리를 보았다 분홍빛이 도는 대리석을 그물처럼 조각한 코끼리다 텅 빈 제 몸에 작은 코끼리 한 마리를 품고 있다 이어 붙인 자국 없는 한 몸, 신의 솜씨처럼 정교하다 행운의 신 가네샤*는 코끼리 얼굴을 하고 있다 나는 가네샤를 트렁크에 넣어 돌아왔

다 비비디 바비디 부

코끼리는 그들만이 아는 곳으로 가서 죽음을 맞이한다는
데 코끼리 떼를 조각한 상아는 부르는 게 값이라는데 사람
들은 코끼리의 무덤을 찾아 헤맨다는데 비비디 바비디 부

초식동물의 검은 눈 배 속에 빛나는 작은 초
코끼리 몸속의 작은 코끼리 속의 나 속의 반딧불 속의 가
네샤, 살라카둘라 메치카불라 비비디 바비디 부

* 가네샤: 시바신의 아들로 지혜와 행운의 신.

해산

늙은 호박은
옆구리에 칼을 물고 완강하다

꽃이 진 후
안쪽으로 닫힌 문, 내공內空이 단단하다

천둥 치듯 쩍! 늙은 자궁이 두 동강으로 벌어지자
주황이 태어난다

임걸령 무덤가에 원추리꽃, 고목에 핀 주황혀버섯, 엄니
의 주황색 반짇고리, 남해로 가던 황톳길, 청도의 늦가을에
매달린 주황들이 양수羊水처럼 쏟아진다

내벽이 품은, 농익은 주황을 받아 낸다
미끈거리는 한 타래의 울음을 훑어 낸다
노을이 함께 쓸려 나온다

낳는다는 건
웅크린 겨드랑에서 새 그림자를 꺼내 주는 것이다

\>

주황의 달이 차오르고

겨울 툇마루에 눈보라가 들이치고

후숙後熟이 제 시린 속살에 극락조 무늬를 새겨 놓았다

뼈마디와 힘줄이 뭉근하게 풀어진다

호박죽을 달여 먹고

원고를 보내려 읍내 우체국에 다녀왔다

------------------------ 뒤란에 주황이 다녀갔다

싱크홀

오후가 되자 빗발이 굵어졌다 요즘 일기예보가 잘 맞는다

포크웨이즈에는 아무도 없다 창고를 개조한 빈티지 카페
는 그린벨트 안에 있다 솔밭 사이로 흐르는 강*은 카페의 텅
빈 공간으로 흐른다 커피 머신에서 검은 액체가 빗물처럼
떨어지는 동안, 오래된 의자가 먼 창밖을 바라본다

보랏빛 꽃에 저녁이 깃들고 있다 달리아의 웃음이 기울
었다 벽난로 속 계절은 비어 있고 샹들리에가 떨어질 듯 손
을 내민다 뚝. 뚝. 뚝. 추녀 끝에서 빗방울이 몸을 던지고
있다 파인 웅덩이에 흰 복숭아뼈가 드러난다

오실 분이 계신가요? 안주인은 넌지시 찻잔을 밀어 놓고
안채로 사라졌다 문소리를 내며 누군가 들어설 것 같은 예
감은 맞지 않는다

뜨거운 찻물이 손끝에서 입술로 가슴으로 흘러간다 따라
가던 온기 한 모금을 놓쳐 버렸다 빗줄기가 빈속을 후비고,
문득 유리창에 그려 놓은 얼굴이 주르르 미끄러져 내린다

>

누가 격류에 휩쓸리고 있나

허방을 디딘 것처럼 꺼진 자리가 아득하게 울었다

＊〈솔밭 사이로 흐르는 강〉: 존 바에즈의 팝송.

빗살무늬

달아오른 화덕에 등 푸른 생선을 굽는다

어물전 아낙은 무슨 마음으로
옆구리에 칼집을 냈을까

모양을 내려고 간이 들라고 먹기 좋으라고
뒤틀리지 않고 잘 구워지라고

익어 가는 것들이 소란스럽다
한 겹 벗겨 내려는 듯 물집 부풀어 오른다
고혈이 흐른다

그래,
무간지옥에 이쯤 상처가 뭐 대수인가
저 짭조름한 슬픔이 아픈 입맛을 살리면 좋겠다

그가 보리새우처럼 점점 오그라든다.

아파트 사이로 넘어온 오후가 들여다본다
아침참에 말아 올린 블라인드를 조금씩 내려 본다

저무는 햇살이 그의 등에 빗살무늬를 그으며 지나간다

달싹거리는 냄비 뚜껑을 비스듬히 열어 둔다

마이더스의 잎

　가을의 절정은 운곡서원에 은행잎이 떨어질 때라고 그가 말했어요 호사가들이 은행나무를 보러 와요 우수수 돈다발을 던져 주듯 팔을 흔드는 것 같아요 사람들이 온몸으로 받아 낼 듯 팔 벌리고 입 벌리고 웃음이 만발하네요 노란 잎들이 나비 떼처럼 팔랑거립니다 와아, 대박! 젊은 커플이 횡재한 듯 탄성을 질러요 돈벼락 맞는 기분이 이런 것이라는 듯 황홀경에 빠진 얼굴이에요 하지만 정작 받아 든 것은 책갈피에 끼울 노랑 하나입니다 노랑은 서원 마당과 기와지붕과 툇마루까지 쌓였는데 사람들은 은행나무 배경으로 이렇게 저렇게 인생 사진을 찍을 뿐이에요 부자가 삼대를 못 간다는데 은행나무는 육백 년 동안 툇마루를 지켰다니 참 대단하지요 은행나무는 몰래 은행을 키우나 봅니다 주식에 전 재산을 날린 그가 떠나던 날도 노잣돈처럼 은행잎이 흩날렸어요 새도 다람쥐도 거들떠보지 않는 은행이, 냄새나는 은행이 어떻게 살아남았을까요 금고같이 단단한 은행알 속에 누가 페리도트를 숨겨 놓았을까요 화려하지만 조금 우울한 노랑이 흩어지네요 제 한 목숨 건사하는 데 돈 쓸 일도 별로 없다는 듯, 늙은 관리인이 쉬엄쉬엄 마대에 은행잎을 쓸어 담고 있어요

제3부

구순九旬

뼈만 남은 구순의 어머니를 씻긴 적 있다

거기, 그루터기에 앉은 오래된 숲이 있었다

새벽 예불

텅 빈 욕탕에 물 끼얹는 소리
누군가 나처럼 새벽잠이 없나 보다

등줄기가 탱탱하다
엉덩이가 연잎처럼 둥그스름하다
봉긋한 젖무덤이 때를 밀 적마다 출렁이고 있다
한 바가지 물을 뒤집어쓰는데

머리카락 한 올 없다
머리도 숙이지 않고 머리를 감는다
푸른 힘줄 불거진 정수리
두 손으로 쓰다듬고 또 쓰다듬는다
물줄기가 가슴으로 가랑이로 쏟아져 내린다
거무스름한 거웃이 물길 따라 눕는다

풍경 소리 잦아드는 한적한 절간이다

아이 몇 빼낸
주글주글한 뱃가죽 같은 연잎
성근 둔덕에서 독경 소리 들린다

>

검버섯 몇 점 돋아나는 오층석탑을 돌아

합장하는

가시연꽃 천 길 물속에 떠 있다

마고할미*

할망이 오줌을 누려고 한쪽 발은 성산읍 식산봉에,
다른 쪽 발은 일출봉을 딛고 앉았어. 할망 오줌 줄기
가 어찌나 센지 제주도 한쪽이 떨어져 나간 거야. 그
래서 성산리 앞바다에 작은 섬이 생겼어.

비슷한 연배의 그들은 언뜻 부부처럼 보인다 오누이처럼
도 보인다 가끔은 모자인 것 같다 의식이 돌아오면 그 남자
는 그녀를 엄니라고 불렀다 그녀는 간이침대에서 관계가 모
호한 섬처럼 잠들었다

벗겨진 하반신은 시트에 덮여 있다 거뭇한 대물은 쪼글
쪼글한 대추알 같기도 하고 물고기 이리 같기도 한데, 거기
에 소변 주머니 줄이 매달려 있다 그녀는 아랫도리를 씻기
며 이 병실에서만도 여섯 달이라고 했다

코에서 식도로 이어진 호스에 미음을 넣는다 석션으로 가
래를 뽑아낸다 산소호흡기 소리가 계곡물 소리 같다 그는
갈매기조차 날지 않는 무인도처럼 흰 파도 위에 누워 있다

그녀는 그를 좌우로 굴려 가며 기저귀를 간다 뼈뿐인 가
랑이에서 물똥이 흐른다 돌 지난 아들의 똥을 닦아 내듯
  옳지 아이고 이쁘게 잘 했네
  울음도 웃음도 아닌 낯선 냄새가 병실을 흘러 다닌다

>

그녀가 마지막 연인이었을 것이다
마지막 아내였을 것이다
마침내 그의 어미이며 세상의 대모大母였을 것이다
그녀가 삼신할미이며 설문대할망이며 마고할미였을 것이다

그의 침대가 의료진과 가족에 둘러싸여 섬처럼 떠내려갔다
그녀의 얼굴이 바다 위의 해를 삼킨 듯 붉었다

* 마고할미: 천지를 창조했다는 제주도 설문대할망 설화.

명태

불길을 줄이며 생각해 본다
온 힘을 다해 끓고 있는 것에 대하여

이들은 어떻게 대관령 덕장까지 흘러왔을까
휑한 옆구리를 여밀 틈도 없이
명태는 흰 눈을 뒤집어쓰고 얼었다 녹았다 녹았다 얼었다
샛바람에 속없이 말라 갔을까

뻣뻣해진 몸 흠씬 두들겨 맞으며
거죽 벗겨진 살집 으스러지며
참기름에 달달 볶이며
우러나고 또 우러나야 할까

육수가 유리 뚜껑을 치받고 뚝뚝 떨어질 때까지
시원한 것과 뜨거운 것이 분간이 안 갈 때까지
끓고 또 끓어야 할까

뼛속까지 들락거리며 울고 있는 기포들처럼
자작자작 잦아들며 뭉그러져야 할까

\>

헛헛한 속 다독이는 뜨끈한 국 한 사발의 힘이여
북엇국을 끓이다 돌아다본다

유유히 헤엄쳐 회향廻向하는 명태 한 마리를

모천母川

그녀에게서 강물 소리가 난다

뚝 끊겼다 이어지는 소리 바위에 부딪히는 소리 나지막한
개울을 참방거리는 소리 샛강과 만나 속살거리는 소리 소리
쳐 부르며 멀어지는 소리 여울목에 휩쓸리는 소리 강을 만
나 몸 섞는 소리 제 어미의 어미처럼 그 어미처럼 강의 거처
에 숨 내려놓는 소리

끄응…… 몸 틀어 흐르는

뇌 수술을 끝내고 중환자실로 온 그녀
며칠째 의식이 돌아오지 않는 그녀에게서
강물 소리가 난다

물줄기를 거스르는 연어 떼들이 산소마스크에서 뛰어오
르고 있다

누구는 너를 '샘'이라고 불렀다

수도승처럼 무릎을 꿇었다

물 한 대야 받쳐 안고 먼 곳을 보고 있다

누가 엉덩이를 까고 들이대면 놀랄 만도 한데

미동이 없다

뭉개진 것 냄새 나는 것, 막장을 꿀꺽 삼킨다

은밀한 것을 보고도

모르는 척, 그 얼굴에 순백의 미소가 고인다

토사곽란을 씻기고

너는 깊은 명상에 잠겨 있다

고비에 흐르는 강

모래는 갈라지고 부서진다 더는 멈출 수 없을 때까지, 흐른다

고비사막 한쪽에 낙타가 울고 있다 어미를 잃은 새끼는 며칠째 아무것도 먹지 못했다

초대받은 악사가 마두금을 켠다 흘러가는 것 같기도 하고 멈춰 선 것 같기도 하고 솟아 나오는 것 같기도 하고 스며드는 것 같기도 하고 긁는 것 같기도 하고 어루만지는 것 같기도 한, 마두금 가락이 사막을 적신다

주인은 한 어미 낙타의 등을 연신 쓸어내리고 있다 제 새끼가 아니면 젖을 물리지 않는 것은 사막의 법칙이다

보이지 않는 곳 어디에서 달려오는 말발굽 소리 초원의 가축들을 불러 모으는 소리 천창에서 떨어져 내린 별들이 마유주를 젓는 소리 오보*에 매달린 하낙**들이 나부끼는 소리, 고비의 바람이 모래를 천천히 움직인다

주인의 손길은 노래가 된다 마두금 가락과 어우러져 어

미의 젖을 어루만진다 어미의 젖이 꿈틀거린다 슬픔에 겨운
듯 거칠고 메마른 입을 실룩거린다 이윽고 긴 속눈썹을 적
시며 눈물이 흐른다 방울방울 흰 젖이 흐른다 이제 어미 낙
타는 새끼 낙타를 밀어내지 않는다

　모래바람이 물결을 바꾸고 있다 어미 낙타가 꿇은 무릎
을 일으켜 고비를 넘어간다 가랑이에 바짝 어린 낙타가 따
라간다

* 오보: 성황당과 같은 곳으로 돌무더기를 쌓은 곳.
** 하낙: 나뭇가지에 매달린 빨강, 파랑, 흰색의 긴 천.

버드 스트라이크*

철새들이 돌아온다 유리에 빗살무늬가 생긴다
작은 몸 어디에 항로가 그려져 있을까

잃어버린 길 혼자 지나가고

철새 도래지에서 AI가 검출됐다는,
삼 킬로미터 내의 닭과 오리들이 매몰되었다는 뉴스가 뜬다

비행기 한 대 날아오른다

아파트들이 전광석화처럼 깜박이며 새를 쫓고 있다

불현, 섬망처럼 날아오르는 새 떼들

몇몇은 비행기에 부딪치고
어쩌다 엔진 속으로 빨려 들어간 몇은
어마어마한 비행기 동체를 옥수수밭에 불시착시켰다

어머니는 내게 물으셨다 '아주머니는 누구세요'

\>

어머니의 꺼진 엔진 속에서

어린 청둥오리 끼룩 끼루룩 우는 소리가 들렸다

* 버드 스트라이크: 비행기가 조류와 충돌해서 일어나는 사고.

테라코타 여인

그녀의 다리는 돌아오지 않았습니다
상반신은 대리석 상판에
얹혀 거실 한쪽을 지키고 있습니다

그녀의 윤곽은 굵고 담담합니다 한 손은 작은 집 지붕 위
에 올리고 다른 한 손은 머리 위에 올린 채 먼 곳을 보고 있
습니다 그 자세 그대로 너무 오래 거기 있습니다

미 서부 여행 중에 그녀를 만났습니다
나바호 루트*를 함께 걸었습니다
무엇을 만들려고 하지 않은 것들이 만들어 낸 걸작들
수백만 개의 기암괴석이 늘어선 사암의 협곡을 지나왔
습니다

그녀는 모계사회를 이어 온 나바호족의 딸입니다
롱 워크**를 견딘 바람과 모래와 햇빛의 후손입니다
그을린 두 다리는 길처럼 흘러갑니다.

저녁이면 그들의 원형극장에 모닥불이 타오릅니다

\>

빛의 배역은 수억만 년 동안 작품을 굽는 것입니다
그림자들이 숯덩이처럼 저물어
노을 한 송이 그녀에게 스며들었습니다

그녀와 함께 돌아왔습니다
엉덩이 밑에 나바호족의 이니셜이 새겨졌습니다

오늘 밤, 그녀의 눈이 주황빛으로 빛납니다
돌아오지 않는 다리는 선셋 포인트를 걷고 있을 겁니다

* 나바호 루트: 나바호족의 이름을 딴 브라이스 캐년의 트레킹 코스.
** 롱 워크long walk: 뉴멕시코로 강제 이주되었다 다시 고향으로 돌아온 역사.

스파이더우먼

그녀는 암벽 틈에 캠 훅을 박는다
오르는 것만이 방법이라는 듯
담쟁이 잎 하나 외줄에 매달려
한 걸음 한 걸음 수직의 벽을 오르고 있다

붉은 벽돌집
이쪽에서 저쪽까지 붓질하듯
그녀는 붉은 담벼락을 초록으로 물들인다
천천히 벽을 삼키는 것이다

잎을 피워야 할 이유도 잊은 채, 맹목적으로

갈퀴손이 땡볕 속을 포복한다
붉은 시간이 목덜미에 매달린다
그녀의 뿌리는 벽에 균열을 내며 질겨진다

작은 고지 하나하나에
자신을 넘어선 좌표가 펄럭인다

지나간 길만 남기고 그녀는 집으로 사라졌다

\>

스스로를 포위한 거미줄처럼

그 집은 담쟁이 나무가 되어 파랑 치고 있었다

깊고 서늘한 창문에서

우울한 허밍 소리가 들려왔다

전성시대

내 이름은 옥자구요 여동생은 월잡니다
동생은 늘 이렇게 말했죠
월자가 뭐야, 매월이나 월매라고 짓지

칠팔십 년대 드라마 속에는
작부나 식모 이름에 옥자라는 이름이 흔했지요
'옥자야! 먹물 따고 한 접시!
저녁을 준비하는 나를 향해 이렇게
이죽거리는 남편에게
영자와 순자의 전성시대를 모르나
친절한 금자 씨*의 전성시대도 있었어
맞받아치곤 했죠

옥자의 전성시대도 곧 올 거라고 말이에요

유학까지 다녀오신 할아버지께서
손녀의 이름을 고심하시다가
아들처럼 귀하게 되라고 지어 주신 구슬 옥玉 아들 자子
자子 자 돌림으로 대표되는
한 시대가 남긴 이름 옥자입니다

그 이름이 부끄럽지 않냐구요

그러나 오랑캐꽃 애기똥풀 큰방가지똥 여우오줌 며느리
밑씻개

모두 순하고 향기로운 이 땅의 풀꽃들이잖아요

봉제 공장 미싱 앞에, 시장 난전에, 저문 들녘에

억척스레 피어난

지금 이 땅은, 말자 숙자 경자 미자 춘자의 전성시대입니다

* 《친절한 금자 씨》: 영화의 제목.

천의 손

장갑 파는 가게가 있다면 저마다 어떤 설명서가 붙어 있을까

뒤처리가 곤란할 땐 고무장갑을 낀다 손을 더럽히지 않고 깔끔하게 처리할 수 있다 달라붙어 벗겨지지 않을 때가 있다 악몽이지만 잘 찢긴다는 걸 주의해야 한다

사각의 갑에 천 개의 손을 상비한 천수보살의 손 크리넥스 뽑아 쓰듯 톡! 하고 비닐 손을 꺼내 나물을 조물거리다 홀랑 뒤집어 버린다 손가락 끝에 코팅된 눈이 반짝인다 누구는 장미를 꺾을 땐 바닥이 단풍 든 목장갑을, 연인의 손을 잡을 땐 꽃무늬 레이스 장갑을 추천한다

손뜨개 벙어리장갑이 눈덩이를 굴린다 아기를 안아 올린 산파의 피 묻은 장갑, 죽음을 닦는 장의사의 흰 면장갑, 추운 장날 마디 잘린 장갑을 끼고 지폐를 세던 장꾼들, 장갑만 끼면 알통이 솟는 공사판 남정네들, 삶아 빨아 걸어 놓은 푸줏간의 목장갑들, 그들은 모두 전사戰士다

가장 오래된 장갑은
저기 바닥에 굳은살 박이고 물때가 끼어 있다

슬픔조차 맛깔스러운

맨손이라는 장갑을 낀 어머니 손

뜨거운 것 번쩍 들었다 귓불에 대고 호 불던

마지막까지도 벗지 못한 저승꽃 흐드러진 저 장갑이다

답례

불구덩이 속 어린것 이마를 식히기도 했지

땀범벅이 된 이녁의 등을 닦아 줄 땐
보송한 것이 목화木花 같았어

축 결혼
밑단에 문신처럼 흐릿한 저 글자 보이지
고래 힘줄 같은 언약이
저 까슬까슬한 서덜에 남아 있으니

이만하면
결혼식 답례도 잘했다고 할 수 있겠지
그려, 젖은 것 잘 닦는 것이 답례지

꽃씨 심듯
지친 얼굴 묻어 보는 적요寂寥의 땅

삶고 치대고 헹구어 널어놓으니
성근 망網으로 바람과 햇살이 다녀가네

\>

서더리탕에 반주 두어 잔 머금었을 뿐인데

눈자위 훔치는 노을이었네

한 바닥의 바다를 읽다

반백의 그녀가
목욕 의자에 앉은 남자에게 매달려 비누질한다

입 안 구석구석 칫솔질한다
파랑 치는 바다가 백사장에 흰 거품을 뱉는다

면도도 해 주고
뒷일 본 거기도 닦아 준다
폐그물에 뒤엉킨 부표가 파도에 휩쓸리고 있다

힘드시겠어요

말년에, 복 터졌지 뭡니까
저 양반 거시기를 물리도록 본다니까요

이 바닥도 반백이 되었다
읽어도 읽어도 한 바닥이 넘어가지 않는다

제4부

드론의 세계

주말 내내 EBS 《세계테마기행》에 빠졌다

짐승도 발자국도 없는 설산 응달이 보인다
다랑논이 보인다
끓고 있는 분화구와 소금 사막이 보인다
낭떠러지 끝에 서 있는 소나무가 보인다
해안선이 꽃 레이스처럼 뒤척이는 것이 보인다

멀어지는 풍경이 아름답다

차마고도를 넘어가는 길이 보이지 않는다
개미같이 작아진 집이 보이지 않는다
너도 나도 보이지 않는다

산과 강과 평야가 천천히 만나고 헤어진다
높낮이가 사라진다
한 폭의 점묘화

보이는 것과 보이지 않는 것 사이에서
뻐꾸기 한 마리 화면 밖으로 날아가고 있다

튤립나무가 서 있는 창가

잠결에 내 아픈 이마를 짚어 주는 기척이 있다 잠 속으로 어둑한 빛이 너울거린다 괜찮아, 그림자가 내 가슴에 가만히 포개져 왔다

이사 온 날, 아파트 2층 창밖에 튤립나무 우듬지가 나를 엿보고 있었다 태풍에 부러질 듯 일어서는 나무를 보았다 밤새 유리창을 할퀴던 바람에 나무초리 몇 가닥 떨어져 나갔다 함께 봄을 기다리자고 했다 거실 가득한 오후의 잎사귀들을 사랑했다

창가 침대에는 나뭇잎이 자주 병문안을 왔다 나의 발등에 푸른 물이 들고 손가락 끝에 작은 잎이 돋아났다 나는 새처럼 나뭇가지에 앉아 〈라리아네의 축제〉*를 들었다 딱지 떨어지듯 슬픔에 새살이 돋았다

아파트는 노쇠해지고 나무들은 늠름해졌다 화살나무 울타리는 촘촘해지고 덩굴장미는 더 붉었다 내 볼에는 화색이 돌고 머리카락이 초록으로 물들었다 꿈에 자주 어머니가 다녀가셨다 튤립나무 꽃무늬에 주황빛이 살짝 피었다 졌다

>

아파트 입구에 재건축 플래카드가 걸렸다 주민들은 집값
이 오를 거라며 희색이 만면이었다 그리고 사람들은 하나둘
떠나갔다 그늘이 유난히 짙은 날이었다 짐을 꾸리다 말고,
나는 사나흘을 더 앓았다

* 〈라리아네의 축제〉: 모짜니의 기타 곡.

위대한 식욕

뼈다귀가 십자가처럼 삐딱하게 쓰러져 있다 눈발이 흩날리는 겨울, 막일을 마친 일꾼들이 마구리뼈 사이의 자투리 고기를 발라 먹는다 수입산 뼈다귀면 어떤가 골몰이 묵묵하다 어쩌다 두툼한 살점은 은밀하고 황홀하다 하이에나의 허기가 송곳니에서 번득인다

감자탕이 바글바글 끓는다 항정살 홍두깨살 갈빗살 토시살까지 알뜰하게 도려낸 어느 생의 잡뼈들일까 그들은 24시간 고아 낸 뼛국에 우거지처럼 풀어진다 누린내를 들깨 가루와 깻잎으로 씻는다 공사장 감독을 들먹이던 울분을 소주 몇 잔이 삼킨다 수렵시대의 전리품처럼 퇴식구에는 흰 뼈들이 쌓이고,

공칠 일이 생기려나 흰 눈이 푹푹 쌓여

치사량 직전의 내일이 일어선다
얼었다 녹은 불쾌한 얼굴들이 비틀비틀 골목을 나설 때

통조림통을 핥던 고양이가 흠칫 돌아본다
눈동자가 달궈 낸 뚝배기처럼 뜨겁다

\>

죽은 자의 살이

산 자의 공복을 채우고 비로소, 저녁이 된다

호모 모빌리언스

베개 밑에서 누가 울고 있을까 잠의 해무 속으로 날아드는 새, 더듬더듬 새를 쫓는다 익숙한 듯 투명한 그물이 내려앉는다 손아귀에 잡힌 새가 울음을 뚝 그친다

터치! 터치! 터치!
손가락이 닿자마자 새들이 날아 앉는다 부고, 병원 예약, 세일 광고, 대출 권유, 스팸 문자, 온갖 이모티콘과 메시지들이 지저귄다 지구 저편에는 총성과 축제가 함께 날고, 한 여인이 울고 있다 철새들이 토네이도처럼 휘몰아쳤다 멀어져 간다

폰을 놓고 외출한 날, 빠진 깃털처럼 떠돈다 파랑새처럼 날아올 행운을 놓친다 세상이 저희끼리 뻐꾸기를 날릴지도 모른다 이명처럼 타전음이 들리다 끊긴다 이석증이 도졌나 하늘이 노랗다 나는 강가에서 잃어버린 새를 부른다

그래, 왼손에 폰을 이식하고 새처럼 날아 보자
손톱 밑에 비밀 칩을 심자 손바닥에 외장하드를 달자 손가락에 특별한 센서를 심어 놓자 나의 건망증은 인공위성처럼 늘 한 궤도를 돌고 있으리라

>
사이보그 도시가
한 덩어리의 검은 새 떼를 날리고 있다

이팝나무 옮겨심기

어느 순교자의 심장처럼
열십자로 새끼줄 묶은 황토 보퉁이 달랑 안고 왔다

뿌리는 굵은 밑동에 비해 터무니없이 작다
꽃과 나뭇잎 무성했던 가지는
뭉툭하게 잘린 채, 몇 가닥 환상통을 앓고 있다

포클레인의 큰 손이 사나흘 부려졌던 몸통을 들어 올리자
나무는 직립이 생각난 듯
벌떡 일어선다

인부들이 나무에 지지목을 대고 있다
삐침과 파임, 바람의 각도를 가늠하고 있다
장대로 허리와 허리를 잇는다

신도시 공원에 사람 人을 닮은 나무 스크럼이 생겨났다

아름드리나무일수록 말이 없었다
제 나이테를 풀어내어
묵묵히 겨울바람을 견딜 뿐이다

꿋꿋하게 선 채
어느 늦봄, 고사목으로 발견되기도 했다

이팝나무는 몇 해 동안 밥을 짓지 않았다
미어지도록 고봉밥을 올리던 봄이
빈손으로 지나갔다

먼 그곳이 그리운 이곳이 될 때까지

젖은 문장이 햇빛을 되쏘며 빛난다

지렁이의 붉은 몸뚱이가 흙 범벅이다
직선을 두고 사선으로
바닥을 기어가는 저 청맹과니를 지켜본다

6월의 땡볕을 건너갈 수 있을까

멈추는 순간,
그는 말라비틀어진 비문碑文이 될 것이다
일군의 개미 떼들이 행군해 오는 소리 길어진다
새까만 오독으로 해체될 것이다

무엇이 그를 지상으로 끌어냈을까
지하 단칸방에 흥건하게 고인 달빛 때문이었을까
밤새 걷고도 빛 한 소절 받아 적지 못했을까

나뭇가지로 그의 허리를 건드리자
마지막 힘을 다해
제 몸을 말아 안고 쥐어짜고 뒤틀고 잡아 늘리고 있다
발광이 손끝을 타고 퍼진다
내 심장을 풀무질한다

\>

나도 모르게
징그러운 업業을 풀숲으로 튕겨 보냈다

구불거리며 그가 중얼거리는 소리가 들렸다

참 이상한 일이지 뭔가 뚝 부러지는 소리 들은 것 같은데,
뭘까 나를 통과해 가는 이 알 수 없는 운명은

빙의된 듯
나는 꿈틀거리며 급히 그를 받아 적고 있었다

한 사람의 ATM

그는 58년생 개띠였대요 빈농의 아들로 태어났대요 그 어려운 공무원 시험에 합격해 부장까지 됐대요 고향 사람들은 개천에서 용 났다고 칭송이 자자했다지요 글쎄, 출장을 다녀오던 중, 비행기 사고로 객사했대요 나이 51세였다는군요 그가 이승에 남긴 것은 아내와 딸, 그리고 연금이었다네요

금슬이 좋았다는데 몇 해 안 가서 아내에게 남자가 생겼다지 뭡니까 그런데 무슨 일인지 그녀는 연애만 하고, 죽을 때까지 과부였다지 뭐예요 그 후 그는 그녀의 꿈에 발길조차 하지 않았다네요

그런데 참 이상한 일이지요 저 아파트 입구 은행나무 아래 ATM 기기 앞에서 그를 봤다는 사람이 있다지 뭡니까 노오란 은행잎이 우수수 떨어지던 날 늦가을 밤이었다네요 검은 모자를 깊이 눌러쓰고 낡은 가방을 들고 있더래요 아직도 그는 아침이면 출근하고 늦도록 야근을 하는지, 친구도 술도 끊었는지, 한 푼도 축내지 않고 따박따박 월급을 넣고 간다지 뭐예요 정년도 없는지 그는 그녀가 죽을 때까지 부양했다는데요 목숨 줄보다 질긴 사랑이라고 다들 부

러워했지요

  그녀도 가끔 홀린 듯 중얼거렸다네요 월말쯤 되면 깊은
밤 아무도 없는 ATM에서 뚜·뚜·뚜·뚜뚜뚜…… 통장 정
리하는 소리가 난다고요

  연금年金인지 연금軟禁인지 모르겠다고요

장항역

아버지 신발 있나 보고 와라

슬프고도 단호한 어머니의 목소리
철길을 건너 찾아간 여인숙
한 뼘 열린 문틈으로
뿌옇게 둘러앉은 손놀림이 뭔가를 빠르게 돌리고 있다

창고 그늘 속에 검은 발부리가 보였다
탁. 탁. 탁.
골목 끝까지 쫓아오는 너울
신발장 열어 봤어
어머니는 시든 탱자처럼 주글주글해졌다

고함 소리와 악 쓰는 소리
아홉 살 계집아이는
동생을 업고 탱자나무 울타리 아래서 서성거린다

두 손이 닿지 않아 동생의 볼기짝이 찢어졌다
탱자를 따다 손등에 피가 나서 서럽고
울음에 탱자를 물리자

어린 동생은 사레들려 컥컥 울었다

울울한 가시가 바람에 희번덕거리고
철길 따라 늘어선 적산가옥 불빛이 꺼질 듯 파닥거렸다

탁. 탁. 탁.
긴 작대기로 탱자 터는 소리
이상하게도 꽃 핀 기억이 없다

시큼하고 씁쓰름한 것이 후득 후드득 떨어져 내렸다

나비처럼 잠들다

겨울이 한 걸음 빨라졌습니다
그 걸음에 맞춰 옷가지들을 정리합니다.

재킷과 블라우스, 몇 개의 스커트와 바지
한철을 연출한 가난한 소품들
곤곤함이 배어든
유행과 거리가 먼 그런 옷들입니다

해를 넘기며 더러는 허리를 늘리고
단추를 옮겨 달고
어울리지 않을 것들과 섞여
시간을 견딘 것들
몇 가지는 솎아 내고 갈무리합니다

다시는 입을 것 같지 않은데
끝내 버리지 못하는 오랜 슬픔이 있습니다
올해도 우두커니 옷장에 서 있었어요
만지작거리자, 손끝에서 온기가 피어납니다

소매 끝에서 가만히 번져 오는 모과 향기

사드락사드락 첫눈 내리는 소리
손발 시린 쓸쓸함도
곱게 접어 상자에 넣었습니다

두 소매를 가지런히 앞으로 모은 채
허리를 반으로 접은 보랏빛 재킷 한 장이
나비처럼 잠들었습니다

백미러

어느 날, 달리는 기차의 역방향으로 앉아 있었다

나는 앞을 보고 가는데 뒤로 지나가야 할 것들이 나를 앞질러 간다 사라지지 않고 멀어진다 내 얼굴을 지나가는 플랫폼 전신주 도시의 불빛들

운전을 배울 때 가장 어려운 건 후진이다 손바닥만 한 백미러 속의 풍경이 뒤뚱거린다 등 뒤에서 길이 튀어나왔다 사라진다 앞을 보고 후진 주차하는 버릇이 생겼다

자꾸 뒤로 밀리는 기분 긁히는 소리, 크레인이 나를 덥석 들어 올릴 것 같다 회전 초밥집에는 초밥들이 접시에 담겨 지나간다 식사를 끝낸 식판이 삐뚤삐뚤 개수대로 간다 누군가 나의 머리채를 잡아당긴다 나는 낯선 골목처럼 구부러진다

트레이너는 러닝 머신에서 내려올 때, 뒤로 걷는 것이 좋다고 했다 모래시계처럼 거꾸리에 매달려 보라고 한다
뒤가 앞이 되어 쏟아질 듯 걸어가는 뒤쪽

>

반대를 무릅쓰고, 시집간 분이 언니는 잘 살고 있을까

세상이 역방향이라고 가리키는 곳으로 달려간 것들이 무
성하게 다다르는 곳 마른 꼬투리에서 강낭콩 터져 나오던
고향 역 울타리에 백발의 어머니가 아기처럼 손을 흔드신다

컨베이어 벨트가 삐뚤삐뚤 출구로 순행하고 있다

실내 자전거 경주

나는 달려요
오랜 습관이라는 듯 힘차게 달려 나가요

나의 자전거는 바퀴가 없어요
노면을 구르는 소리도 진동도 바람결도 느낄 수 없어요
추월도 없고 넘어질 일도 없어요
책장은 그대로 서 있고 소파는 길게 누워 있어요
TV 테마는 먹방과 헬스, 그리고 여행 중입니다

나는 엉덩이를 들고 속도를 높여요
시간 거리 칼로리 숫자들과 나란히 달려요
늘어진 뱃살과 회색빛 구름과 우울이 함께 달려요
속도감 제로인
바람 한 점 없는 습한 날이에요

북태평양기단과 시베리아기단이 연일 대치 중이라네요
젖은 것들은 가속이 붙지 않는다고요
자전거를 처음 배울 때,
골목 포장마차를 들이받은 기억이 따라와요
기상 캐스터는 구관조 목소리로 예보를 중얼거려요

\>

혼자 달려요 경주하듯
따라잡힐 듯 따라잡을 듯 달려요
차도 바꿔야 하고 여행도 가야 하고 관리비도 내야 해요

나는 달려요 오늘도 내일도 제자리를
브레이크도 없는 발이
집을 끌고 뛰쳐나갈 듯 연신 페달을 밟고 있어요

당신도 다림질이 필요한가요

천연섬유들은 잘 구겨진다 젖으면 질겨지는 성질이 있다 옷에 분무를 한다 재킷의 칼라나 소매 부분은 다림질이 까다롭다 잘 다려 입어도 턱을 괸 팔꿈치가 금방 튀어나오고 기대앉은 등에 잔물결이 인다 구겨진 주름 어딘가에 깊은 크레바스가 있다

바지를 구겼다 펴며, 자 보세요 다림질하지 않아도 돼요 곧 매진이에요 쇼핑 호스트의 입은 화려하게 염색된 나일론 같다 일상은 다림질하지 않아도 되는 것들로 반질거린다 가볍고 만만한 재킷, 툭툭 털어 주면 잘 마르는 관계가 옷장에 걸려 있다 싫증이 나도 한결같은 표정이 병을 키웠을까

흰 옥양목 홑청이 목화솜을 지그시 누르며 네 귀를 반듯하게 여미었다 다듬이질한 이불깃에서 댓잎 스치는 바람 소리가 났다 신혼처럼 짧았지만, 아직 장롱 밑을 버티고 있다 나프탈렌 갈아 줄 때를 잊고 있었다

오랫동안 입지 않은 와이셔츠를 꺼내 다림질한다 등을 문지르고 솔기에 힘을 준다 바지 줄을 세운다 이상한 일이다 구겨진 것들을 다림질하고 나면, 왜 어깨와 등이 덩달아 빳

빳해질까 플레어스커트 주름이 찰랑거린다 웃음에도 울음
에도 주름이 만개한다

섬망

여기, 여기 있어요

손이 닿지 않는 거기, 뭔가 이물질이 끼어 있어요 자꾸
거슬려요 숨 쉴 적마다 쓸리는 것 같고 치대는 것 같고 파고
드는 것 같아요 쓰라려요 두근거려요 화끈거려요 뭔가 갉아
먹는 소리가 들려요 머릿속에 무지개가 회오리치고 있어요
햇살이 얼굴을 콕콕 찔러요 누가 나를 오븐에 넣었을까요
창 밑에서 에어컨 실외기가 바싹바싹 타고 있어요 팍! 뭔가
터지는 소리, 치솟는 검은 연기 속에서 불길, 불길이 날름
거려요 열기가 쫓아와요 앗! 뜨거워요 가슴이 새카맣게 탔
어요 매캐한 연기, 허억 헉! 헉! 숨이 막혀요 문, 문을 열어
요 어서요 나, 나는 잘못이 없어요 오늘의 요리는 먹고 싶지
않아요 아…… 움직일 수도 없어요 누, 누구 없나요

축축한 손바닥

꽃 같은 알약들

사랑

해요 물! 물! 물!

매달림의 존재론

이성혁(문학평론가)

우남정 시인은 우리의 삶이 죽음을 바탕으로 이루어지고 있다고 인식한다. 시가 우리의 일상적인 인식을 낯설게 만들고 새로운 인식으로 이끄는 것이라고 할 때, 이는 시적인 인식이라고 할 만하다. 우리는 대개 삶에서 삶만 읽고 죽음을 읽지 않는다. 가령 음식에서 우리는 죽음을 읽지 않는다. 하지만 우남정 시인은 음식이 '주검'에 다름 아니라고 인식한다. 「오늘의 레퀴엠」은 이러한 인식을 보여 주는 시다. 이 시는 우리가 감자탕 등을 먹을 때, 이는 "등뼈에 칼집을 넣어 발라 회 친 주검"이나 "가마솥에 고아 낸 흐물거리는 주검" 등을 먹고 있는 것이라고 우리에게 말해 준다. 육식만이 아니다. "붉은 뿌리를 잘라 내고/ 소금물에 데친" 식물 역시 주검임은 마찬가지다. 우리는 주검들을 먹고 삶을 유지

한다. 그러니 죽음은 삶의 어머니라고도 할 수 있다. 마트에 진열된 음식들은 "순교한 죽음들"이다. 그 음식들은 타인의 삶을 위해 죽은 것들이니 '순교'라는 표현을 쓴 것일 게다.

시인의 인식은 여기에서 끝나지 않는다. 그에 따르면 주검을 먹는 삶은 죽음을 키우는 일이기도 하다. 그 삶이 죽음을 통해 형성된다고 할 때, 삶 속에는 죽음 역시 자라난다. 죽음이 삶을 형성시키듯이 삶 역시 죽음을 향해 가는 것이다. 그리고 삶이 죽음에 다다른다면, 그 죽음은 또 다른 삶을 형성시킬 것이다. 이를 시인은 이 세상의 모든 존재자들이 따르는 삶의 원리로서 인식한다. 그래서 시인은 "누군가의 주검을 먹고 누군가의 죽음이 자라난다"고 쓴다. 하여 죽음은 사랑을 현현시킨다. 사랑이 삶을 이루게 하는 원리라고 할 때 말이다.

> 무덤에 돋아나는 오랑캐꽃
> 사랑한 것들의 주검에 꽃이 핀다
> 죽음의 젖을 물고
> 푸른 상수리 나뭇잎에서 눈물이 반짝 빛난다
>
> 나는 배가 고프다
> 네 영혼의 마지막까지 갉아 먹고 떠나려, 작정한 듯
>   —「오늘의 레퀴엠」 부분

나를 살게 만든 타자들, 이 타자들을 "사랑한 것들"이라

고 할 수 있지 않을까. 이 "사랑한 것들"의 무덤에 오랑캐꽃이 돋아난다. 이 꽃은 사랑을 표현하는 아름다움의 상징이다. 무덤 속의 주검 역시 죽음으로써 누군가를 살리는 사랑을 실천하였을 것이다. 그래서 사랑을 완료한 주검이 묻힌 무덤에는 꽃이 핀다. 꽃은 무덤 속 주검을 딛고 밀어 올린 새 생명이며 주검들이 표현한 사랑이다. 그 꽃은 "죽음의 젖을 물고" 푸르게 자라난 상수리나무의 나뭇잎에서 흘러나오는 눈물의 빛과 상응한다. 상수리나무는 무덤 속 주검을 젖인 양 물고 자신의 생명을 키워 나갔을 것이다. 그렇기에 저 주검의 사랑을 표현하고 있는 꽃을 보면서 눈물을 흘리지 않았겠는가. 이 상수리나무는 시인을 대리한 '객관적 상관물'이다. 시인 역시 누군가의 영혼을 갉아 먹으면서 자신의 영혼을 키워 나갔기 때문이다. 그는 여전히 "배가 고프다"고 한다. 그래서 죽은 "네 영혼의 마지막까지 갉아 먹"을 것이라고 한다. 하지만 그 역시 이 세상을 떠날 것임을 알고 있다. 자신 역시 죽어 누군가에게 갉아 먹힐 것임을 말이다.

이러한 먹고 먹힘을 당하는 관계 속에서 삶이 자라나고 사랑이 피어난다. 그러므로 "죽은 자의 살이/ 산 자의 공복을 채우"(『위대한 식욕』)는 '감자탕'은 위대하다. 죽음이 삶을 키우고 사랑을 실현한다는 우남정 시인의 독특한 인식은 이 세계의 모든 생명의 발산들이 타자의 피를 마시고 이루어지는 것이라는 우주관으로까지 확장된다. 시집의 첫머리에 놓인 시 「뱀파이어의 봄」에 따르면 숲에서 깨어난 봄은 관에서 깨어난 뱀파이어처럼 자신을 드러낸다. 바람이

"검은 망토를 들추"자 "누군가 주검을 밀고 깨어"나는데, 그
누군가는 봄은 의미한다. 숲의 봄은 곧 숲의 생명을 되살릴
것인데, 그것은 뱀파이어가 타인의 피를 마시고 자신의 생
명력을 채우는 것과 같다. 하여 봄이 다가온 숲은 "피가 낭
자"한 모습이다.

봄은 뱀파이어처럼 온다
저 산벚나무 피가 낭자하다

Let me in
불면으로 누렇게 튼 산수유 입술에서
노란 탄성이 터져 나온다

나의 사랑은 늙지 않아요
꽃나무 아래 나의 목덜미가 창백하다
—「뱀파이어의 봄」 부분

뱀파이어 봄은 숲의 피를 끌어 올린다. 그래서 산벚나무
는 낭자하게 피를 뿜어낸다. 불면을 앓던 산수유는 "노란 탄
성"을 터뜨린다. 시체처럼 죽어 있던 숲이 봄으로 인해 원
기를 회복한 모습이 놀랍기 때문이다. 그런데 이 봄의 흡혈
행위는 사랑의 행위다. 그것은 숲 안에 잠자고 있던 피를
밖으로 끌어 올리는 행위이기 때문이다. "나의 사랑은 늙지
않아요"라고 말하는 주체는 뱀파이어인 봄일 것이다. 알다

시피 뱀파이어는 늙지 않는다. 매번 반복되어 나타나는 봄이 언제나 신선하듯이. 사랑 역시 언제나 신선하지 않는가. 이 늙지 않는 '뱀파이어-봄'의 등장에 '나'는 창백한 목덜미를 봄으로 붉어진 "꽃나무 아래" 내놓고는 자신의 피를 빨릴 준비를 하고 있다. 사랑에 감염되어 피가 안으로부터 끌어 올려지고 싶은 것이다.

하지만 시인이 살고 있는 일상의 삶은 어떠한가. 음식들은 냉장고 안에서 얼려 있다. 즉 주검들은 부패하지 않도록 냉동되어 있다. 「빙하기를 지나가다」에 따르면 시인은 지금 봄과는 거리가 먼 '빙하기'를 살고 있다고 한다. "혼자 얼린 밥을 녹여 먹"는 일상을 살고 있기에. 냉장고 속에는 "검붉게 변한 고기 몇 덩이"나 "떨어지지 않는" "부침개와 떡"이 들어 있을 것이다. 얼어 있는 주검들, 그것들은 생생한 영혼을 표상하지 않고 굳어져 버린 기억들을 표상한다. 슬픔을 불러일으키지만 얼어붙어 버린 기억들 말이다. 아니, 얼어붙었기에 더욱 슬픔을 증폭시키는 기억들.

그와 함께 몸을 녹이던
보드카와 해바라기 씨 한 줌, 남아 있다

아껴 두었던 얼굴을 꺼내 본다 표정이 하얗다
그의 손을 붙잡자
감전된 듯

손바닥이 쩍 얼어붙는다

오늘의 디저트는 눈꽃빙수 한 그릇
만년설로 굳어진 슬픔을 빙수기에 곱게 갈았다

눈물은 얼었다 녹아도 쉬 무르지 않았다

창밖, 멀리 불빛 한 점이 걸어가고 있는 저녁이었다
　　　　　　　　　　　　—「빙하기를 지나가다」부분

　냉장고 속에 놓인 보드카에는 "그와 함께 몸을 녹이던"
기억이 담겨 있다. 하지만 이 기억은 냉장고 속 한기 때문
인지 "표정이 하얗"게 질려 있다. 그 기억을 만지면 시인 역
시 "손바닥이 쩍 얼어붙는"다는 것, 기억은 시인을 피로 들
끓게 하는 것이 아니라 도리어 냉동시켜 버린다. 하지만 여
기서 일이 끝나는 것은 아니다. 얼어붙어 버린 눈물이 떨어
지는 것이다. 시인은 "만년설로 굳어진 슬픔"인 이 눈물을
갈아 "눈꽃빙수 한 그릇"을 만들어 먹는다. 그리고 그는 이
냉동된 슬픔을 먹으며 저 "창밖, 멀리" "걸어가고 있는" "불
빛 한 점"을 바라보면서 저녁을 보낼 수 있게 된다. 이 냉동
된 삶에서도 아직 무엇인가가 남아 있는 것이다. 저 '눈꽃'
처럼 반짝이는 불빛은 그 사실을 말해 준다. 뱀파이어에게
목을 물리고 '너'의 영혼을 갈아 먹으며 살고 싶지만 냉동된
삶을 살아야만 하는 시인은 저 불빛 덕분으로 시를 쓰면서

자신의 삶을 견딜 수 있는 것일지 모른다.

　하지만 사랑으로 뜨거워지는 삶을 살고자 하는 시인의 욕망이 실현되기 위해서는 냉동되어 딱딱해져 버린 자신의 삶을 녹여야 한다. 냉동된 상태에서는 다른 이의 음식이 되는 사랑을 실천할 수 없다. 그런데 「명태」를 보면 시인은 국의 재료가 된 명태의 모습에서 그가 가야 할 길을 찾은 것 같다. "얼었다 녹았다 녹았다 얼었다" 하며 "속없이 말라" 간 명태의 모습은 바로 자신의 모습처럼 보였을 것이다. 그러나 끓는 물속에 들어간 그 마른 명태는 결국 "온 힘을 다해" "끓고 또 끓"으며 "뭉그러"짐으로써 "헛헛한 속 다독이는 뜨끈한 국 한 사발"을 이루어 내는 것이다. 말라비틀어져 있던 명태는 "뻣뻣해진 몸 흠씬 두들겨 맞"고는 끓는 물속에 들어가 "우러나고 또 우러"남으로써 타인의 삶을 북돋는 사랑을 실현한다. 음식이 되어 가는 명태의 모습을 보면서 시인은 자신의 삶 역시 저렇게 세상으로부터 두들겨 맞더라도 세상의 한가운데로 들어가 끓을 수 있어야 한다고 생각했을 것이다. 하나 자신을 저렇게 처절하게 허무는 일은 말처럼 쉬운 일이 아닐 것이다. 그래서인지 시인은 말라비틀어진 명태의 모습이 '구겨진 종이'처럼 보인다는 점에 착안하여, 그렇게 구겨진 종이—삶—에는 무엇이 쓰여 있는지 다음과 같이 살펴보려고 한다.

　　웅크리고 있던 그림자, 여명 속에 돋아난다

손아귀에 와싹 구겨져 던져진 것
바닥 치고 벽까지 날아갔다 튕겨 온 것
각지고 비틀어지며 둥글게 휘말린 것

구겨진 것은 공간을 품는다

급정거한 바큇자국, 희미해지는 발자국 소리, 어두운 골
목길과 축대 위의 위태로운 집, 배열이 맞지 않는 화장실
타일 바닥, 깨진 유리창, 자투리 옷감으로 만든 조각보, 산
길에 누군가 쌓다 만 돌탑, 삐뚜름한 글자, 허리 꺾인 모음
과 찌부러진 받침, 뭉개진 낱말과 박박 그어 생채기 난 길
고 긴 담벼락

다시 문질러 펴 본다 깊은 자국이 남았다
갈라지고 찌그러진 공간
잎맥처럼 파랑이 일고 있다

손바닥을 펼치자
겨울나무 한 그루 자라고 있다

—「구겨진 종이」 전문

"구겨진 것은 공간을 품는다"라는 문장은 몇 번이나 곱씹
게 하는 시적인 발견을 표명한다. 얼었다 녹고 녹았다 언
명태. 그렇게 말라비틀어지도록 두들겨 맞은 명태의 모습

은 구겨진 삶을 보여 준다고 할 때, 그 모습 역시 '구겨진 것'으로서 어떤 공간을 품고 있을 것이다. 그 공간에는 기억들이 담겨 있지 않겠는가. 삶을 고통스럽게 했기에 떠올리기 싫은 기억들. 저 구겨진 종이처럼 "와싹 구겨져 던져진" 삶을 드러내는 기억들. 하지만, 그렇기에 이 고통의 흔적이기도 한 "찌그러진 공간"에는 그 기억들이 보존될 수 있다.

고통스러운 기억에는 삶에 대한 욕망이 흔적으로 남아 있다. 욕망의 좌절이 고통을 낳기 때문이다. 위의 시의 4연에 단속斷續적으로 전개되는 이미지들이 무엇을 의미하는지는 알기 힘들다. 하지만 그것들은 어떤 이가 보기도 싫은 듯 구겨서 벽에 던져 버린 종이에 써져 있는 기억들의 단편일 것이다. 이 단편적인 이미지들 속에는 그 어떤 이의 가슴을 찌르는 기억들이 숨겨져 있을 터여서, 공간에 써진 문장들에는 낱말들이 뭉개져 있고 지우려는 듯 박박 그어서 생겨난 생채기가 벽처럼 늘어서 있다. 그렇기에 구겨진 종이에 난 깊은 자국은 상처의 기록에 다름 아니겠다. 그러나 시인은 이 "찌그러진 공간"에서 "웅크리고 있던 그림자"가 돋아나며, "잎맥처럼 파랑이 일"면서 "겨울나무 한 그루 자라고 있"음을 본다. 그것은 고통스러운 상처야말로 좌절한 삶의 힘—욕망—의 기록이기 때문이다. 하여 구겨진 공간에 뭉개진 문장은 삶의 욕망이 냉장고 속처럼 추운 겨울을 견디며 자라나고 있다는 사실 역시 역설적으로 보여 준다.

이렇게 위의 시는 명태처럼 말라비틀어진 삶이 드러낸 공간, 구겨진 종이처럼 "갈라지고 찌그러진 공간"에서 가시화

되는 상처의 이미지들, 고통의 문장들을 인식하는 동시에 그 상처로부터 겨울나무처럼 삶의 힘이 다시 돋아나며 자라날 수 있음을 발견한다. 그가 지렁이에서 끈질긴 삶의 힘을 읽어 내고 있는 「젖은 문장이 햇빛을 되쏘며 빛난다」도 그러한 발견을 보여 준다. 이 시에서 시인은 "바닥을 기어가는 저 청맹과니"인 "지렁이의 붉은 몸뚱이"를 관찰하고 있다. "6월의 땡볕" 속에서 그 지렁이는 "직선을 두고 사선으로" 기어가고 있는 중이다. 시인은 이 지렁이의 허리를 나뭇가지로 건드려 본다. 그러자 지렁이는 "마지막 힘을 다해/ 제 몸을 말아 안고 쥐어짜고 뒤틀고 잡아 늘리"는 것이다. 지렁이의 "발광이 손끝을 타고 퍼"지면서 시인에게 인지되는데, 그 모습은 어떤 문장을 쓰고 있는 것처럼 인식된다. 그래서 "빙의된 듯/ 나는 꿈틀거리며 급히 그를 받아 적"는 것이다.

쥐어짜고 뒤틀리는 지렁이의 모습은 "마지막 힘을 다"하는 삶의 숭고함을 표출한다. 갈 길을 멈추면 저 뜨거운 땡볕에 의해 "말라비틀어진 비문碑文이 될" 운명에 놓여 있지만, 지렁이는 기어코 자신의 몸을 잡아 늘리며 그 운명을 딛고 나아가려는 모습을 보여 주는 것이다. 지렁이는 그러한 모습으로써 삶의 문장, "젖은 문장"을 자신의 몸으로 써 나간다. 그 "젖은 문장"은 제목이 말해 주듯 저 땡볕의 "햇빛을 되쏘며 빛"날 것이다. 이렇게 빛나는 문장을 몸으로 써 나가는 지렁이의 모습은 우남정 시인에겐 시인의 모범으로 보였을 터, 그가 지렁이에 빙의될 수 있었던 것은 그 때문이겠다. 삶을 얼어붙게 하거나 말려 버리는 세상, 이 세상 속에서 얼어붙거나 말라비틀어진 삶에 다시 생기를 불어넣는 일이 시인으로서 그가 할 일이라고 지렁이를 보면서 생각했을 것이다. 그 일은 명태를 명탯국으로 부활시키듯이 주검을 되살리는 일과 같다. 아래의 시는 말린 시래기가 시래기죽으로 부활하는 과정을 아름답게 보여 주고 있어서 주목된다.

김장철이 시작된다 동치미용 무를 다듬는다 무청이 흩어지지 않도록 밑동을 넉넉하게 남긴다 그것을 겨울바람에 걸어 놓을 것이다 배추 절인 소금물에 살짝 숨 죽인다 간기가 바스러지는 슬픔을 견디게 할 것이다

겨우내 베란다 줄에 매달린 무청은 잊는다 그가 열흘쯤 입원했고 치매를 앓는 어머니 집을 자주 드나들었다 폭설이 서너 차례 내렸고, 한강 하구에는 유빙이 떠다니고 있었다

어느 저녁, 바짝 마른 무청에서 새 울음소리가 들렸다, 대한을 지나 입춘쯤이었을까 시래기는 죽은 새처럼 말라비틀어졌다 껍질과 힘줄만 남았다 날개가 바스라질 것 같다 허기가 바람 소리를 불러왔다

따뜻한 물에 죽은 새를 담근다 갈변한 핏물을 토하며 부풀기를 기다린다 피가 돌고 살이 되살아나기를 기다린다 살

과 뼈가 부드러워진다 물을 바꾸며 겨울을 우려낸다 오래
도록 삶아 낼 것이다

　　새여, 새여, 날아라 날아라

　　검푸른 시래기죽으로
　　뱃구레를 불린 청둥오리 떼가 일제히 날아가고 있다
　　　　　　　　　　　　　　　　　　—「풍장風葬」 전문

　시인은 무청을 소금물에 살짝 담가서 "바스러지는 슬픔
을 견디게 할" '간기'를 스며들게 만들고는 겨울바람에 걸어
놓는다. 그 무청이 견뎌야 하는 겨울바람은 가족이 견디고
있는 병—'그'의 입원과 '어머니'의 치매—과 병치된다. 무청
은 고통을 겪고 있는 가족과 중첩되는 것이다. 그런데 겨
우내 "죽은 새처럼 말라비틀어졌"던 무청, "날개가 바스라
질 것 같"고 "허기가 바람 소리를 불러왔"던 그 '시래기'에서
"새 울음소리가 들"리기 시작한다. 다시 비상하고 싶다는
울음소리. 그래서 시인은 그 죽은 새—시래기—를 따듯한
물에 담그고는 오래도록 삶는다. "살과 뼈가 부드러워"지
면서 "피가 돌고 살이 되살아나기" 시작하도록 말이다. 하
여 "갈변한 핏물을 토"하면서 "겨울을 우려낸" 시래기는 우
리가 먹을 음식—'시래기죽'으로, 우리의 삶을 생성시키는
사랑으로 변모한다. "죽은 새"가 "청둥오리 떼"로 변모하며
부활한 것이다.

124

겨울을 견디며 말라 가는 무청과 가족이 중첩되어 있었기에, 말라비틀어진 시래기―죽은 새―가 우리가 먹을 시래기죽―청둥오리―으로 변하며 부활하는 모습은 앓고 있는 가족이 다시 부활하는 모습으로 유추할 수 있다. 그렇다면 어머니는 어떤 음식이 될 수 있었단 말인가? 시인이 먹고자 하는 음식은 영혼이다. 즉 치매를 앓고 있는 어머니는 시인에게 영혼의 양식을 줄 수 있었고, 그리하여 시인에게 어머니는 부활한 존재일 수 있었다. 시인에게 어머니의 부활은 "뼈만 남은 구순의 어머니를 씻"기면서 어머니의 "거기, 그루터기에 앉은 오래된 숲"(「구순九旬」)을 발견함으로써 이루어진다. 숲은 시인에게 어떤 존재였던가. 봄이 온 숲은 뱀파이어와 같다. 시인의 피를 끌어 올려 빨아들이는 사랑이 봄의 숲이었다. 어머니에게 남아 있는 그 숲은 그러한 사랑의 힘을 여전히 갖고 있는 듯이 보인다. 어머니는 사랑을 체현해 왔던 존재자였다. "바닥에 굳은살 박이고 물때가 끼어 있"는, "뜨거운 것 번쩍 들었다 귓불에 대고 호 불던"(「천의 손」) 어머니의 맨손이 보여 주듯이 말이다. 어머니의 '그루터기'에서 발견한 숲은 사랑의 체현자로서의 어머니를 되살린다.

시인을 낳은 어머니의 그 숲은 우리들이 사는 세계―천지―를 낳은 '마고할미'를 떠올리게 한다. 시 「마고할미」를 보면, '어머니'가 지닌 마고할미와 같은 속성은 꼭 생물학적 어머니에게서 찾을 수 있는 것은 아니다. 그 시에 등장하는 어떤 병자―죽음을 앞둔 남자―의 간병인도 마고할미와

125

같은 존재다. 그 병자는 간병인을 '엄니'라고 부르는데, 그 병자와 간병인의 관계는 부부나 오누이처럼 보이기도 하고 "가끔은 모자인 것 같"기도 했다고 한다. 시인은 병자의 기저귀를 갈아 주며 "아들의 똥을 닦아 내듯/ 옳지 아이고 이쁘게 잘 했네"라고 말해 주는 간병인의 모습을 보면서, 그녀가 "그의 어미이며 세상의 대모大母"이자 "마고할미였을 것"이라고 생각한다. 세계를 창조한 마고할미와 같은 존재자는 이렇듯 주위 어디에서나 발견할 수 있는 것인지 모른다. 타인을 돌보며 사랑을 주는 그 존재자는, 숲에 잠재되어 있는 피를 뱀파이어처럼 빨아들이며 끌어 올림으로써 숲을 생명으로 충일하게 변화시키고 세계를 새로이 창조하는 봄의 위력을 가졌다. 간병인은 죽어 가는 병자를 죽기 직전까지 생명력을 잃지 않고 살아갈 수 있도록 돌봐 줌으로써 그 병자의 세계를 변화시키고 새로이 창조하기까지 한다.

우리를 받아 주고 돌봐 주면서 우리의 세계를 변화시키고 창조하는 존재자는 어디에서나 발견할 수 있겠다. 아래 시의 '샘' 역시 '마고할미―간병인'처럼 우리의 모든 시름을 받아 안는 존재자다.

수도승처럼 무릎을 꿇었다

물 한 대야 받쳐 안고 먼 곳을 보고 있다

누가 엉덩이를 까고 들이대면 놀랄 만도 한데

미동이 없다

뭉개진 것 냄새 나는 것, 막장을 꿀꺽 삼킨다

은밀한 것을 보고도

모르는 척, 그 얼굴에 순백의 미소가 고인다

토사곽란을 씻기고

너는 깊은 명상에 잠겨 있다
               ─「누구는 너를 '샘'이라고 불렀다」 전문

　미동 없이 "먼 곳을 보"며 "깊은 명상에 잠겨 있"는 듯이
보이는 저 '샘'에서 시인은 "뭉개진 것 냄새 나는 것, 막장"
등 그 "은밀한 것"들을 "보고도// 모르는 척" 받아 안고 "꿀
꺽 삼"키는 '대모'와 같은 존재를 읽어 낸다. 어머니의 얼굴
처럼 "순백의 미소"를 띠고 모든 것을 받아 안아 주는 저 샘
은 세계 자체를 응축한 존재자일 수 있다. 사람들이 내지른
"토사곽란을" 간병인처럼 씻어 주며 존재하는 이 샘은, 세
계를 정화하는 사랑을 상징한다고도 말할 수 있겠다. 그렇
다면 저 샘은 세계가 병든 우리를 어머니처럼 사랑으로 받
아 준다는 것을 보여 준다.

「튤립나무가 서 있는 창가」를 읽어 보면, 우남정 시인은 자신이 병들었을 때 자연으로부터 어머니의 따스한 손길을 느끼곤 했음을 알 수 있다. 이 시에 따르면, 시인은 "잠결에 내 아픈 이마를 짚어 주는 기척"을 느꼈는데, 곧 어떤 "그림자가 내 가슴에 가만히 포개져 왔다"고 한다. 그 그림자란 창밖에 있는 튤립나무 나뭇잎의 그림자다.

이사 온 날, 아파트 2층 창밖에 튤립나무 우듬지가 나를 엿보고 있었다 태풍에 부러질 듯 일어서는 나무를 보았다 밤새 유리창을 할퀴던 바람에 나무초리 몇 가닥 떨어져 나갔다 함께 봄을 기다리자고 했다 거실 가득한 오후의 잎사귀들을 사랑했다

창가 침대에는 나뭇잎이 자주 병문안을 왔다 나의 발등에 푸른 물이 들고 손가락 끝에 작은 잎이 돋아났다 나는 새처럼 나뭇가지에 앉아 〈라리아네의 축제〉를 들었다 딱지 떨어지듯 슬픔에 새살이 돋았다

아파트는 노쇠해지고 나무들은 늠름해졌다 화살나무 울타리는 촘촘해지고 덩굴장미는 더 붉었다 내 볼에는 화색이 돌고 머리카락이 초록으로 물들었다 꿈에 자주 어머니가 다녀가셨다 튤립나무 꽃무늬에 주황빛이 살짝 피었다 졌다

　　　　　　　　　　　　　　—「튤립나무가 서 있는 창가」 부분

시인이 사랑한 창밖의 튤립나무 잎사귀들. 그 나무는 겨울바람에 "나무초리 몇 가닥 떨어져 나"가는 상처를 갖고 있었다. 아픈 시인과 상처 입은 나무는 "함께 봄을 기다리자"는 사이가 되었다. 바로 그 나무의 가지에 매달려 힘겹게 겨울을 견디고 있는 나뭇잎이 아픈 시인을 방문했던 것. 그 방문이란 시인의 가슴에 포개지면서 그의 마음속으로 스며든 것이다. 그래서 시인 역시 튤립나무처럼 "작은 잎이 돋아났다"고 한다. 돋아난 잎은 시인을 병들게 한 상처의 딱지를 떨어뜨리며 돋아난 새살이 되었다. 그렇게 시인은 튤립나무의 잎사귀들의 영혼을 먹으며 생명력을 얻고 병을 이겨냈던 것. 나무들이 늠름해질수록 그 나무처럼 되어 간 시인역시 "머리카락이 초록으로 물들"면서 볼에 "화색이 돌고" 건강을 되찾을 수 있었다. 그런데 건강을 되찾게 해 준 나뭇잎의 그림자, 시인의 가슴에 스며든 그 그림자는 꿈에 자주 다녀가신 어머니의 영상임을 시인은 깨닫는다. 저 나뭇잎은 어머니처럼 사랑의 생명력을 불어넣어 주면서 시인의 피를 돌게 해 주었던 것이다. 그 덕분으로 시인은 나뭇가지에 매달린 나뭇잎처럼 병에서 벗어나 삶을 지탱할 수 있었던 것. 그는 이 경험을 통해 산다는 것은 매달린다는 것이며 이 세계 속의 모든 존재자들은 무엇인가에 매달리면서 살아간다는 시적인 세계관에 다음과 같이 다다른다.

흘러넘치듯 능소화가 담벼락에 매달려 있다

열매는 꽃에 매달리고 꽃은 줄기에 매달리고 줄기는 뿌리에 매달린다 뿌리는 지구에 매달려 있고 지구는 우주에 매달려 있다 매달린 것을 잊고 매달려 있다

산다는 것이 매달리는 것일까 저 여자의 가슴에 젖이 매달리고 등에 아이가 매달리고 팔에 장바구니가 매달리고 장바구니는 시장에 매달리고 저 여자는 집에 매달려 있다

손가락은 카톡에 매달려 있고 수많은 당신에 매달려 있다 당신은 씨줄과 날줄, 그물에 매달려 있다

'매달리다'라는 말에는 오래된 슬픔이 묻어난다 '매달리다'라는 말에는 핏방울이 맺혀 있다 '매달리다'라는 말에는 굴욕의 기미가 있다 '매달리다'라는 말에는 '솟구치다'의 그림자가 매달려 있다 그 끝에 거꾸로 솟은 종유석이 자란다

매달리는 것은 추락을 견디는 것 오래 바람을 견디는 것 길게 휘어지는 촉수를 말아 안고 잎사귀 뒤 나뭇가지 끝에서 잠을 청한다
—「오래된 끝에서」 전문

시인에 따르면 모든 존재자들은 서로 얽혀 있고 다른 것에 매달려 있다. 지구마저도 우주에 매달려 있는 것이다. 이를 '매달림의 존재론'이라고 할 수 있지 않겠는가. 당신을

포함한 모든 존재자들은 "씨줄과 날줄"로 엮여 있는 관계의 그물에 매달려 살아간다. 그래서 의미심장하게도 시인은 "흘러넘치듯" "매달려 있다"는 표현을 쓴다. 다시 말해 매달려서 존재한다는 것은 과잉되게 존재한다는 것이다. 존재자들은 자기 자신보다 더 많은 것으로서 존재한다. 여러 다양한 존재자들—"수많은 당신"—에 매달려 있기 때문이다.

존재자들의 이러한 존재 방식에서 "굴욕의 기미"를 느낄 수도 있으리라. 왜냐하면 존재자들은 마치 아기가 엄마의 젖에 매달려 살아가는 것처럼 존재하기 때문이다. 그래서 "'매달리다'라는 말에는 오래된 슬픔이 묻어"나기도 한다. '매달리다'라는 말은 우리 존재자들이 허약하게 존재한다는 것을 말해 주기에. 하지만 그 말은 우리가 사는 세계의 존재자들이 사랑으로 서로 매달려 얽혀 있다는 것을 의미한다. 그 말에 "핏방울이 맺혀 있"는 것은 그 때문일 것이다. 그것은 이 글의 앞에서 보았듯이 타자의 죽음을 통해 우리가 삶을 살아간다는 것을 의미하기도 한다. 핏방울은 생명을 의미하며 우리는 그 핏방울을 뱀파이어처럼 빨면서 살아간다. 한편으로 그렇게 피를 끌어 올리는 행위는 사랑을 바탕으로 이루어질 수 있는 것이다. 사랑하기에 타자에게 자신의 핏방울을 내어 주며, 사랑하기에 타자로부터 핏방울을 빨아들인다. 그렇기에 세계의 젖 아래로 매달려 있는 존재자들의 모습은 '솟구치다'의 그림자라고도 말할 수 있다. 그러한 사랑의 '매달림'은 생명의 솟구침에 다름 아니기 때문이다. 하여 '매달리다'라는 말은 "거꾸로 솟은 종유석"이라는 강력한 이미지를 갖게 되는 것이다.

　"오래 바람을 견디"면서 "추락을 견디"기 위해 서로 매달려 있는 형상은 연약한 우리 존재자들이 사랑을 통해 생명을 유지하고 삶을 살아간다는 시적 진실을 보여 준다. 이 진실은 아마 우주가 탄생했을 때부터 이어져 온 '오래된' 존재 원리일 것이다. 그래서 우리가 매달려 있는 세계의 끝은 '오래된 끝'이다. 그리고 우리는 세계의 이 존재 원리 덕분으로 "잎사귀 뒤 나뭇가지 끝에서" 평온하게 "잠을 청"할 수 있다. 이 존재 원리란 세계는 어머니와 같이 사랑의 힘으로 우리가 그 세계의 끝(꽃)에 매달려 거주할 수 있게 해 준다는 것, 우남정 시인은 이 시집을 통해 이 존재 원리를 보여 주는 '매달림의 존재론'이라는 시적 진실로 우리 독자들을 인도하고 있다.